Art Abú!

Dúrún Dhonnabháin

Scéal agus léaráidí le David De Thuin
Leagan Gaeilge le Caitlín Nic Íomhair

Dalen Éireann

Sa tsraith chéanna:

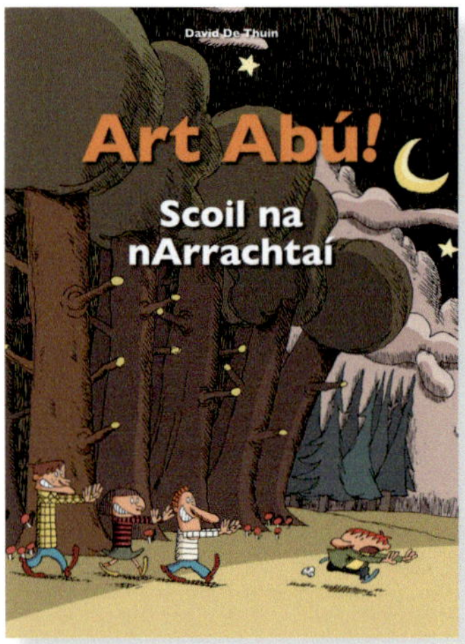

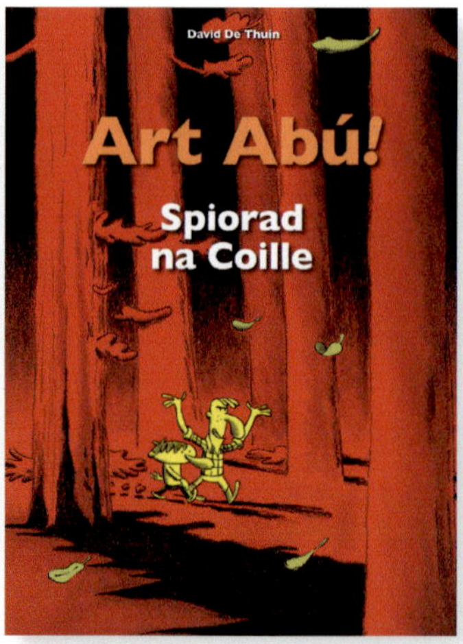

Art Abú! Dúrún Dhonnabháin
Foilsithe ar dtús as Fraincis faoin teideal *Arthur Minus: L'énigme Oblique*

ISBN 978-1-913573-39-3

An chéad eagrán 2022, Dalen Éireann, An Cladach, Clais Mhór, Eochaill, Co. Chorcaí, P36 AP22
Dalen (Llyfrau) Cyf, Glandŵr, Tresaith, Ceredigion SA43 2JH, An Bhreatain Bheag
Aistritheoir: Caitlín Nic Íomhair
Litreoireacht: Lannig Treseizh
Arna fhoilsiú le cabhair ón gComhairle Ealaíon

the arts council an chomhairle ealaíon | cistiú litríocht

Arna chlóbhualadh ag Severn Press, Gloucester, An Bhreatain

Chugamsa!
Saor anseo!
Seo linn a leaideanna!
Anseo, a Chathail!
PAF!
?
In ainm Chroim, 'Airt!
Bróners, a Eoin, ní dhearna mé d'aon ghnó é...
Má deir tú liom é...
Na leabhair bhochta, tá siad fliuch báite!
Tubaiste!
Fan, cabhróidh mise leat...
Cá bhfuil tú á dtógáil?
Chomh fada leis an leabharlann...

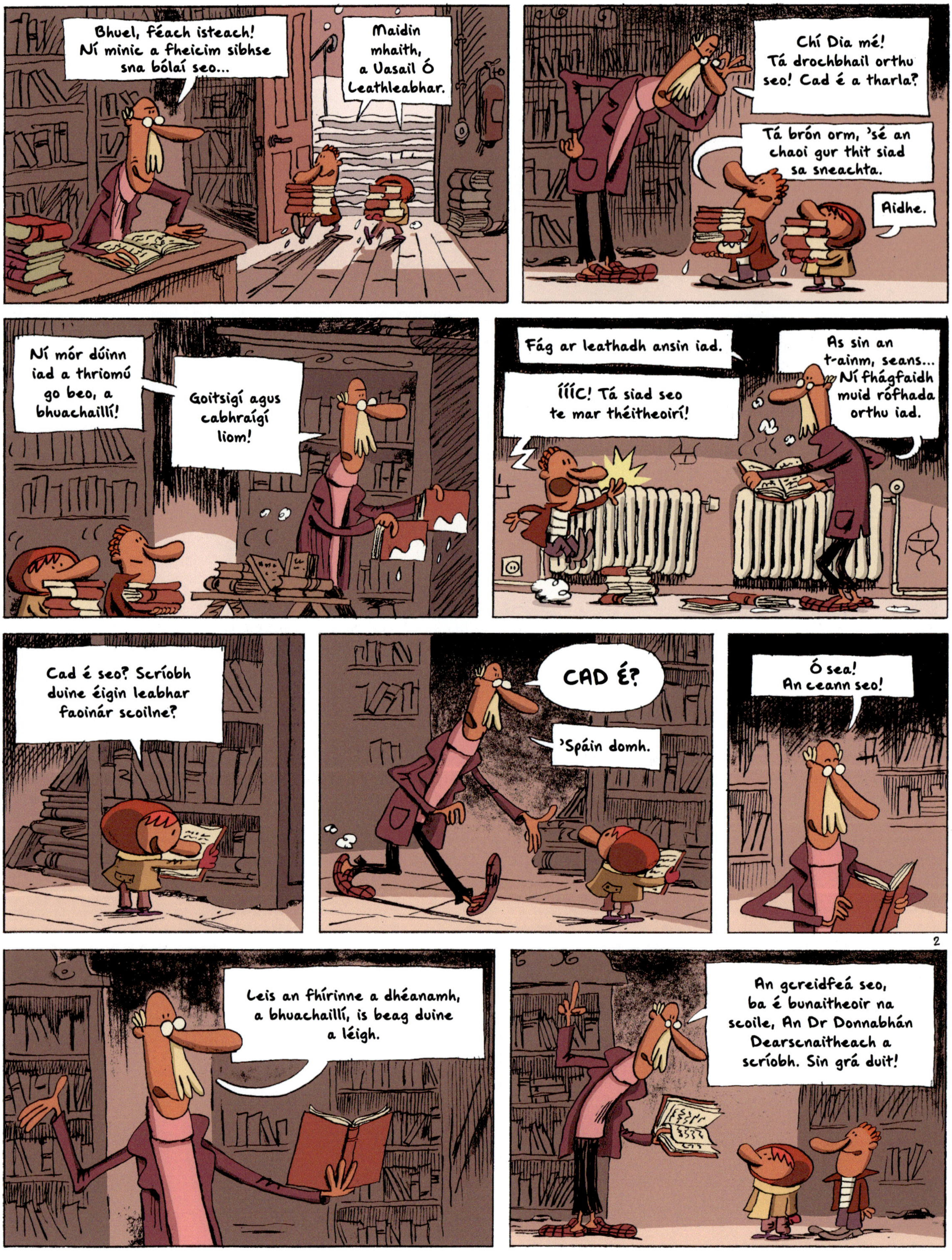

Bhuel, féach isteach! Ní minic a fheicim sibhse sna bólaí seo...
Maidin mhaith, a Uasail Ó Leathleabhar.
Chí Dia mé! Tá drochbhail orthu seo! Cad é a tharla?
Tá brón orm, 'sé an chaoi gur thit siad sa sneachta.
Aidhe.
Ní mór dúinn iad a thriomú go beo, a bhuachaillí!
Goitsigí agus cabhraígí liom!
Fág ar leathadh ansin iad.
ÍÍÍC! Tá siad seo te mar théitheoirí!
As sin an t-ainm, seans... Ní fhágfaidh muid rófhada orthu iad.
Cad é seo? Scríobh duine éigin leabhar faoinár scoilne?
CAD É?
'Spáin domh.
Ó sea! An ceann seo!
2
Leis an fhírinne a dhéanamh, a bhuachaillí, is beag duine a léigh.
An gcreidfeá seo, ba é bunaitheoir na scoile, An Dr Donnabhán Dearsenaitheach a scríobh. Sin grá duit!

Ó SIN an fáth a bhfuil an t-ainm sin ar an scoil!
...Er, sea. Raibh aithne agatsa air?
D'fhéadfá a rá go raibh!
Nach bhfuil mise anseo leis na cianta cairbreacha! An chéad lá féin, bhí mé ann.
Chríochnaigh Donnabhán, beannacht Dé leis, an opus seo díreach sula bhfuair sé bás, an créatúr.
Faoin am sin bhí sé in aois na leanbaíochta ceart, an sampla bocht. Tig sé orainn uilig!
Ba ghnách leis a rá gur caisleán a bhí sa scoil seo, raidht, agus gurbh eisean an rí.
Agus, éistigí leis an bhladar seo a bhí aige faoi thaisce rúnda na scoile!
Seo é, fuistigí : "Chuir mé gach aon phingin i dtaisce thar na blianta" blablabla. "agus ó nár phós mé, tiomnaím gach pingin rua de na pingneacha sin don dalta atá géar go leor le teacht ar an taisce."
Agus cá'il an taisce seo, mar sin?
Arú bíodh ciall agat a stócaigh, ní hann di!
Ach léifidh mé daoibh é don chraic. Tá saghas tomhais nó dúrún sa deireadh le tú a threorú...
An té a n-éiríonn leis an dúrún thíos a scaoileadh, gheobhaidh sé a bhfuil agam de mhaoin an tsaoil :
"Téigh leis an fhéith, go dtí go mbeidh, tú ag croí na scamhóige. Ansin téigh ar chlé go humar na haimléiseg. Bí cróga, bí réidh is ní fada go mbeidh tú i seilbh na taisce a thaitníonn go glé."
Ha! A leithéid d'amaidí! Bhí sé glan as a mheabhair, an créatúr.

Bhuel, cad é do bharúil?
Sílimse go bhfuil Ó Leathleabhar chomh craiceáilte céanna leis an Dr Donnabhán féin!
Ní sin a bhí i gceist agam, cad é do bharúil faoin TAISCE? An bhfuil tú ag déanamh gur ann dó dáiríre?
Anois déarfainn go bhfuil tusa chomh craiceáilte céanna leis an bheirt eile!
Ach nach bhfuil sé saoithiúil nach ndeachaigh aon duine á chuardach riamh...?
...Eoin?...
Seo duit. Bronntanas ó Bhrídín.
An bhfeiceann tú sin?!
Cad é atá ann?
Óooo! Bhrúúúúm! Nach iontach an carr beag í!
Ach cad chuige ar thug Brídín DUITSE í?
CLiiiiiiiiiiiiiNG!
An cloigín! Fág seo... am ranga.

Anois a pháistí, an bhfuil dán cumtha agaibh go léir don cheacht inniu?
TÁ A MHÁISTIR!
Ar fheabhas! Ag dréim go mór leo. Tosóidh muid leatsa, a Bhrídín, tar anseo agus léigh leat!
Ar aghaidh leat, a Bhrídín, tá muid ag éisteacht!
Á-hum...
"Mo ghrá-súr" le Brídín Bheag Ní Bheoláin...
Mo ghrá-sa mo ghaSÚR...
...chomh crua le caSÚR...
...chomh seang leis an MHAIDE...
Féach sin! An-deas!
Nach ea!
...thar barr i mbun CAIDE...
Cad é atá ar siúl agat, a Airt?
'Cumadh dáin... nach ndearna mé dearmad glan aréir.
...Chomh gleoite le mADA.
A chríoch sin!
Mo bhuíochas libh.
Ar fheabhas, a Bhrídín! Bulaí mná!
Anois, a... Airt, an léifidh túsa do dhán féin dúinn?

Oró muise! Dán iomlán eile le scríobh don lá amárach! Níl sé ceart, cóir ná cothrom.
I gcead duit, ní fhéadfá 'dán' a thabhairt air sin...
Róchruthaitheach ar fad daoibhse a bhí mé!
Cuid againn, briseann muid amach ó na seanmhúnlaí! Agus níor thóg sé ach meandar orm!
Uh-huh...
Eoin! Tá Brídín do do lorg...
Abair léi go mbeidh mé léi i gceann bomaite, tá rud beag le socrú agam le hArt ar dtús.
Oicé!
Cad é sin, a Eoin? Níl a dhath le socrú againn, an bhfuil?
Níl, a mhac, ach ná bíodh sé le rá go rithim ina diaidh ar an phointe!
Fág seo...
Is maith liom a fhios a bheith agam go bhfuil Brídín bhreá ag fanacht orm. Lasann sé mo chroí.
...Braithim mo chroí ag bualadh ar nós gur imir mé cluiche peile!
CLIC!
CLEAC!
A-HA! Tá tú agam anois!
Ó aidhe? Abair leat!
Ní thuigeann tusa faic, a mhac.
Tuigim go bhfuil nóisean agat di!
Cad é? Agamsa?
Sea, agatsa!
Uhm, nár rith sé leat gurb ISE atá i ngrá LIOMSA?
BHUEL?!
Tá sí, gan dabht.... agus tá tusa i ngrá léise fosta!
Aidhe raidht... chifidh muid faoi sin.
Tá sé feicthe agam díreach anois!
Híhíhí!

Tá drochbhail ort, a Mháistreás! An bhfuil gach rud ceart go leor?
?
Níl ná é, a Phádraig. Tá drochscéala agam duit... drochscéala amach is amach.
?
?!
Bhí ar an Chomhairle Chondae gearradh siar go mór ó thaobh airgid de agus... agus... tiocfaidh deireadh lenár maoiniú an mhí seo chugainn. Beidh orainn na doirse a dhúnadh!
Ach... ní féidir! Cad é faoi na daltaí? Tá a fhios ag Dia go bhfuil tréan acu ann!
Deir an Chomhairle nach leor sin...
...agus gur féidir iad a roinnt idir na scoileanna eile sa cheantar.
Tá fiacha móra orthu agus mar is gnách, tosaíonn siad ag gearradh siar ar scoileanna!
Agus an babhta seo, is ar ár gcrann a thitfidh sé.
Agus mar bharr ar an donas, caithfidh muid teacht ar an tsuim seo le fanacht beo go deireadh na míosa féin!
A mhac go deo! An méid sin?!
Cá bhfaighidh muid suim mar é in achar chomh gearr? Faoin tocht? Ar chúl an toilg?!
Agus muna n-éirionn linn teacht ar an tsuim iomlán...?
Druidfear doirse na scoile seo láithreach.
TUBAISTE!

Tubaiste ghlan! Beidh muid ar fad ar an dól!
Breá bog anois a Phádraig. Níl deireadh ráite. Seans go dtiocfaidh muid ar réiteach fós.
Éist, níl neart air faoi láthair. Déanaimis dearmad air tamaill agus bíodh greim le hithe againn.
Oró muise! Ar chuala tú sin?
Chuala leoga! Nach iontach an scéal é! Saoire ag teacht luath i mbliana!
Ach nár chuala tú an ardmháistreás? Go seolfar na daltaí chuig scoileanna éagsúla?
CÉARD? Mise agus Brídín bhreabhsánta san áireamh?!
Ní bíodh imní ort, tiocfaidh muid ar réiteach. Tá smaoineamh agam... caithfidh muid teacht ar thaisce An Dr Donn!
Arú bladar. Ní hann di! Nár chuala tú Ó Leathleabhar ag rá go raibh An Dr Donn glan as a chiall faoin am a scríobh sé an leabhar?!
Ní fhágann sin nach ann don taisce. Muna ndeachaigh éinne riamh ar a tóir, ní bheadh a fhios agat...
Is fíor sin, is dócha... ach tá mé gafa faoi láthair le mo ghrá geal!
Slán tamall!

Bhfuil tú ceart go leor, a Airt?
An bhfuil tú ag éisteacht liom ar chor ar bith?
Mmm.
Níl tú fiú ag imirt peile inniu?
An rud is annamh...
A Chathail... an ndéanfaidh tú rud orm?
Abair leat...
Cad é?
Caithfidh tú leabhar a fháil ar iasacht ón leabharlann domh. Goitse!
Huth? Cad chuige?
Míneoidh mé ar ball!
Dia duit a Uasail Ó Leathleabhar!
An bhfeiceann tú sin?! Art Uasal é féin, ar ais ARÍS! Ní fhaca mé chomh minic seo tú riamh!
Tá mé ag coinneáil cuideachta le Cathal an babhta seo.
Agus cad a thug anseo tú, a Chathail?
Ba mhaith liom... uhm... leabhar faoi... eilifintí. Don obair bhaile.
9
Tá go maith! Fan go bhfeice muid...
"Seal san Aetóip"... hmmm... "Dúrúin na hAfraice"...
"Ó starr go trunc: Eilifintí na hAfraice".

An mbeadh maith ar bith sa cheann seo, a Chathail? Tá neart pictiúr ann!
Is fearr libh i gcónaí cinn le pictiúir!
Cinnte....
Anois, sínigh anseo, agus is féidir leat an leabhar deas seo a chrochadh leat...
'Cé!
Agus ná déan dearmad é a thabhairt ar ais laistigh de choicís.
Ní dhéanfaidh.
Slán, a Uasail Ó Leathleabhar!
Bulaí fir a Chathail!
Cén fáth ar ghoid tú leabhar?
Murach thú, ní bheadh seo agam!
Mo náire thú!
Bhí sé chomh héasca céanna é a fháil ar iasacht!
Is leabhar an-speisialta é seo. Is rún docht daingean eadrainn é go bhfuil sé agam.
Huth!
Ach cad é a dhéanfaidh mé leis seo?
Croch leat é, ansin tabhair ar ais an tseachtain seo chugainn é.
Huth. Maith go leor.
Aon scéal, a leaideanna?
?
Amharc! Tá leabhar An Dr Donn agam.
Cuirfidh mé scairt ort ar ball, CAITHFIDH muid seo a phlé!
Oicé!

A Airt, an bhfuil tú... ag léamh?!
Tá. Leabhar faoi stair na scoile!
Dáiríre? 'Spáin dom. Á! An Dr Dearscnaitheach, céad Ardmháistir na scoile!
An fear céanna.
Deir sé go bhfuil dorchlaí rúnda faoin scoil...
...Cé nach bhfaca mise riamh iad...
AGUS deir sé go bhfuil tréan pasáistí faoin scoil fosta, agus gur féidir imeacht tríothu as an scoil i ngan fhios...
...Toisc gur tógadh an scoil ar bharr seanchaisleáin ón Mheán-Aois...
Deir sé go dtéann siad i bhfad, na pasáistí seo, chomh fada leis an bhaile!
An ndeir anois...
Ná creid gach rud a léann tú, a stóirín...
Bhí sé rud beag corr ina shean-aois, tá a fhios agat....
Sin a dúirt Ó Leathleabhar...
Ach cá bhfios sin DUITSE? An raibh aithne agatsa ar an Dr Dearscnaitheach?
Bhí, cinnte! Nár fhreastail mise ar an scoil sin romhat!
Ní raibh a fhios agam sin! Abair leat!
Scéal d'oíche eile, a Airt. Gabh a luí duit féin!

ÚUUUUUF! Éirigh le dúthracht ag breacadh an lae, ab ea...
Caithfidh muid a mhór a dhéanamh den deireadh seachtaine, a Dhaithí!
Seans fiú go ndéanfaidh tú meangadh gáire dúinn ag pointe éigin...
'AiRT!
'AiRT!
Dúisigh!
Cheana? Oicé.
Seo linn! hAon... Dó... Trí!
Á, ubh chruabhruite, ní bhuailfidh tú amach í. Is iad a rinne fear breá scafánta díomsa!
?
Och! Ní náire go dtí tú, a Dhaidí!
Braithim nach sin críoch leis an amaidí ar maidin...
Seachain do cheann!
BONG!
Bhí a fhios agam é!

Bhuel! Maidin mhaith!
Brrr... tá mé préachta leis an fhuacht!
Tá droch-chuma amach ort, a mhaicín – ar chodail tú néal aréir?
Bhí rud inteacht ag dó na geirbe agam aréir ceart go leor...
Cad é is brí leis seo, dar leat : "Téigh leis an fhéith go dtí go mbeidh tú ag croí na scamhóige" ???
Á! Aithním na focail sin – an Dr Dearscnaitheach!
Sin é... an raibh aithne agatsa air fosta? An raibh tú féin agus Mamaí ar scoil le chéile?
Bhí, cinnte! Agus bhíodh an-chaint ann faoi rúin Dhonnabháin an t-am sin!
Bhí sé ar shiúl sa chloigeann, an créatúr!
D'fhreastail sibh beirt... ar an scoil chéanna... mo scoilse?!
D'fhreastail! Agus is cuimhin liom daltaí ag dul sa tóir ar an taisce sin...
Bhídís ag gabháil dó go minic, bhí sé sórt faiseanta.
13
An raibh sibh ag suirí ar scoil?
Ní raibh ná é! Tá mise dhá bhliain níos sine ná Mamaí, níor bhac muid leis an dream óg beag ná mór!
B'fhearr leis seo a bheith ag spraoi folach bíog lena chairde...
Fuist! Ná habair sin!
Ní náire go Daidí!

"Croí"?
"Scamhóg"?
Cnag!
Cnag!
Sea?
Hóra!
Eoin!
Cad é an scéal?
Tá mé ag iarraidh an dúrún a scaoileadh!
Croí... Féith... Scamhóga...
Cad is brí leis seo uilig?
Seans nach bhfuil sé ag caint go litriúil. Cad eile a bheadh i gceist le "féith"?
Sráid, seans?
"Téigh leis an tsráid go dtí go mbeidh tú ag croí na scamhóige."
Hm...
Sílimse go mb'fhéidir go bhfuil sí faoi cheilt i gcorpán...
"An bealach chuig an croí ná tríd an scamhóg" b'fhéidir?
Seans go bhfuil an taisce laistigh de chuisle éigin a théann ó scamhóg go croí?
Uch! Tá sin lofa, a Airt!
Nó, seans go bhfuil sí faoi cheilt i gcorp Nic Con Ultaigh agus gur sin an chúis a bhfuil sí chomh trom sin.

Amharc, d'aimsigh mé rud eile sa leabhar fosta...
Mapa ar an leathanach i ndiaidh an dúrúin...
Tá cuma an mhapa air sin ceart go leor...
Seans go bhfuil an croí in oifig Nic Con Ultaigh? Agus gur ansin a thosaíonn an mapa?
An-smaoineamh go deo, a Eoin!
Beidh orainn sin a dhearbhú dúinn féin gan mhoill...
Ach idir an dá linn, tá mo sháith machnaimh déanta agam anois...
Teastaíonn sos uaim!
Sos ón mhearbhall...
...le cath clocha sneachta!
POF!
Seo linn!
Yí-há!
ÁÁÁÁÁÁÁÁÁÁÁ! 'MHAMAÍÍÍÍÍÍÍÍÍ!
Ar éigean a bhuail mé í!
Pfft, cailíní... níl craic ar bith iontu.

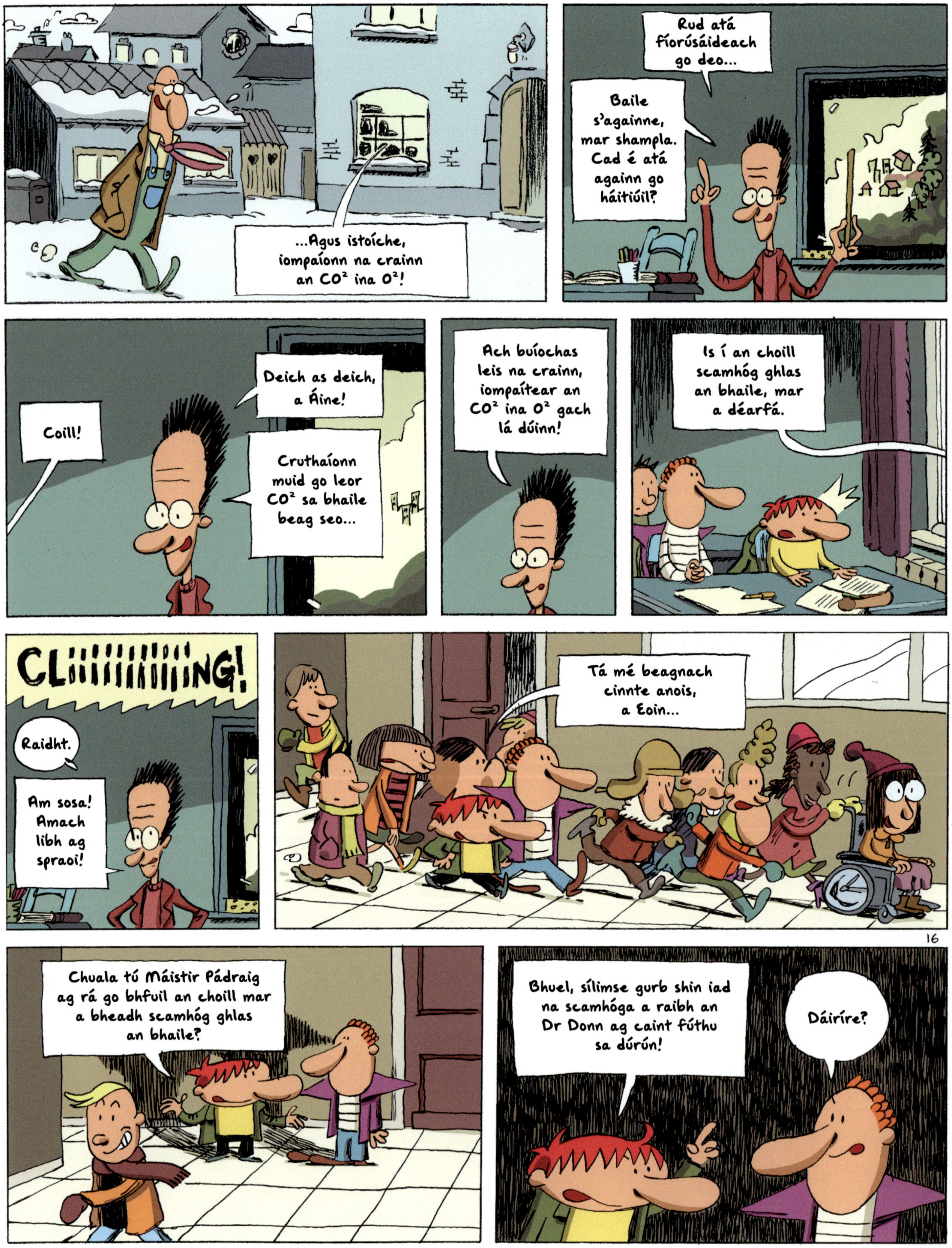

...Agus istoíche, iompaíonn na crainn an CO² ina O²!
Rud atá fíorúsáideach go deo...
Baile s'againne, mar shampla. Cad é atá againn go háitiúil?
Coill!
Deich as deich, a Áine!
Cruthaíonn muid go leor CO² sa bhaile beag seo...
Ach buíochas leis na crainn, iompaítear an CO² ina O² gach lá dúinn!
Is í an choill scamhóg ghlas an bhaile, mar a déarfá.
CLiiiiiiiiiiiNG!
Raidht.
Am sosa! Amach libh ag spraoi!
Tá mé beagnach cinnte anois, a Eoin...
16
Chuala tú Máistir Pádraig ag rá go bhfuil an choill mar a bheadh scamhóg ghlas an bhaile?
Bhuel, sílimse gurb shin iad na scamhóga a raibh an Dr Donn ag caint fúthu sa dúrún!
Dáiríre?

Bíodh geall! Nach cinnte gurbh é a bhí i gceist aige ná : *"Má théann tú tríd an scamhóg (an choill), tiocfaidh tú ar an chroí (an taisce)"...*
Muise maith thú féin, a mhaicín!
Cé atá ag caint?!
An bhfuil duine inteacht ag faire orainn?
Ó!
Maith thú féin, a bhuachaill! Tá an chéad chuid de mo dhúrún scaoilte agat!
Ach éist, os rud é go bhfuil an t-airgead de dhíth chomh géar sin ar an scoil, cabhróidh mé leat leis an chuid eile...
Cé thusa, más ea?
An Dr Donnabhán Dearscnaitheach, ar ndóigh!
17
Oró muise! Ní féidir sin! Tá sé siúd chomh marbh le... hArt!
Tá, seans... Ach cé seo, mar sin?
Is fíor nach bhfuil mé chomh sláintiúil céanna is a bhí tráth...
Ach cuma faoi sin, tá rudaí níos tábhachtaí sa saol!

Caithfidh sibh teacht liom go dtí an choill láithreach bonn!
Anois? Láithreach? Ar an phointe?
Tá ranganna ag cuid againn, bíodh a fhios agat!
Tá a fhios agam… ach le bhur dtoil, déanaigí bhur ndícheall éalú anois, faoi rún!
Ar mhaithe leis an scoil atá muid!
Oicé, bhfuil a fhios agaibh an áit a bhfuil na crainn ghiúise ar fad?
Tá a fhios, ar ndóigh, bímid ag spraoi ann!
Iontach!
Buailigí liom ansin an dá luas agus is féidir. Tógfaidh mé chomh fada leis an chroí ansin sibh.
Chomh luath agus is féidir, agus ná bíodh sibh le feiceáil ag imeacht!
An bhfuil mo dhuine ag bualadh bob orainn?
Níl cliú agam. An gcreideann tusa i dtaibhsí?
Ná.
Tá rud beag imní orm rompu mar sin féin..
Cad é a dhéanfaimis mar sin? Dul ann?
Cinnte! Caithfidh mé seo a fheiceáil!
Iontach!
Fan ansin, beidh mé ar ais!
Cá'il tú ag dul?
A Eoin?
?
Cá raibh tú?
Nach bhfuil tú ag iarraidh siúl amach liom níos mó?
Ní h… tá! tá! Cinnte, tá! Níl ann ach go bhfuil mé ag cabhrú le hArt le rud beag…
Ach geallaim duit, nuair amháin atá sé sin déanta, caithfidh mé mo chuid ama ar fad leat.

Sí an fhírinne í! Amharc, ní théim áit ar bith gan do charr i mo phóca!
Oicé, a Eoin, fág seo!
Á, chuaigh tú ar lorg an leabhair leis an dúrún!
Beadh sé ina chuidiú!
Tá go maith... slán, mar sin!
ÍÍÍC! Folaigh é go beo!
?
A Uasail Ó Leath-leabhar.
Cé seo agam? Eoin!
Agus an sin Art beag i bhfolach taobh thiar díot?
Dia duit, a dhuine uasail.
Bhfuil sibh ceart go leor, a leaideanna?
Cé, muidne? Tá muid ar muin na muice!
Há! Há!
Ar muin na muice!
19
Caithfidh muid imeacht anois. Slán!
Ligfidh muid leat!
Cad é mar is féidir linn imeacht nuair atá na geataí uile druidte?
Bainfidh muid triail as na leithris!
Ní thuigim.

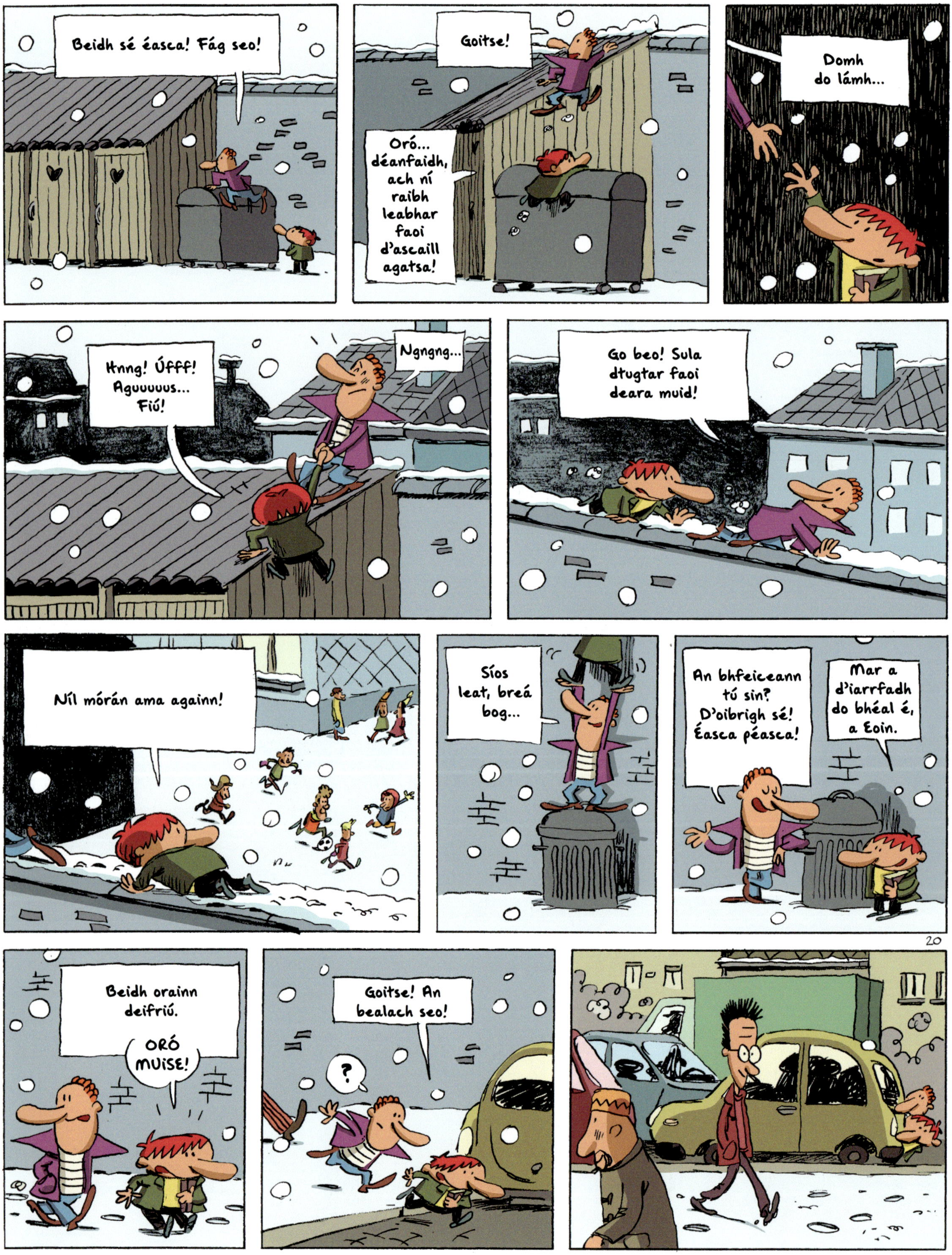
Beidh sé éasca! Fág seo!
Goitse!
Oró... déanfaidh, ach ní raibh leabhar faoi d'ascaill agatsa!
Domh do lámh...
Hnng! Úfff! Aguuuuus... Fiú!
Ngngng...
Go beo! Sula dtugtar faoi deara muid!
Níl mórán ama againn!
Síos leat, breá bog...
An bhfeiceann tú sin? D'oibrigh sé! Éasca péasca!
Mar a d'iarrfadh do bhéal é, a Eoin.
20
Beidh orainn deifriú.
ORÓ MUISE!
Goitse! An bealach seo!
?

Dóbair dúinn ansin!
An bhfuil muid i bhfad uaidh, do bharúil?
Hmm, fiche bomaite b'fhéidir?
Ge..aa...rr... an...áil... or...m...!
Ná géill anois! Tá muid beagnach ann!
Oró muise! Níl mé in ann!
Coinnigh ort! Soicind ar bith feasta!
Féach! An choill ghiúise!

Anois níl le déanamh againn ach fanacht ar thaibhse an Dr Donn!
Tá mé anseo cheana, a bhuachaillí!
!
?
Ach... cad é mar a d'éirigh leat teacht romhainn?!
Tá buntáistí áirithe ag baint le bheith i do thaibhse, a mhac!
Ach fág seo!
Tá taisce le haimsiú agus scoil le sábháil!
Anois, seo muid... an bhfeiceann sibh an chloch seo?
Iup.
Aidhe...
Bhuel, is é seo croílár na coille, a bhuachaillí!
Bogaimis an sneachta seo aguuus...
...Feiceann sibh anois é! Tá croí greanta uirthi!
22
An chéad chéim eile? Duine ar bith?
Cad é... cad é faoin mhapa ar chúl do leabhair a léamh?
Bulaí fir!

Maith go leor, tá muid i gcroí na coille...
Tá an baile taobh thiar dínn, agus an croí ar an chloch ag dul an treo céanna leis an cheann ar an mhapa...
Dhéanfá foghlaí mara maith, a bhuachaill!
Ar chlé, mar sin, agus ansin ar dheis, ar dheis arís...
Uair amháin eile ar chlé...
Agus uair ar dheis agus.... er, ba cheart gur seo muid?
Och! Níl ann ach crann mór...?
Cá bhfuil an taisce?!
Gabh agus cuardaigh beagáinín!
Nó an gcaithfidh mise gach rud a dhéanamh duit?!

Fan tusa ag cuardach anseo ar an talamh, a Airt, agus rachaidh mise in airde.
Oró...
Faic na ngrást!
Ní fheicim a dhath thuas anseo...
Ná thíos anseo...
Pffft, níor mhaith liom a bheith ag brath oraibhse in am an ghátair! Tá diancheachtanna de dhíth oraibh beirt!
Tá sé díreach os bhur gcomhair! Súile síos...
24
Á! Chím é! Chím é! Doras rúnda!
Anois duit!
Ar aghaidh libh, a leaideanna!
Ní raibh sé chomh deacair sin sa deireadh!

Tá sé chomh dubh le pic!
Lig do do shúile dul i dtaithí ar an dorchadas.
Féach thall! Taisceadán!
Bhú-hú! Tá againn!
Nach maith muid!
Beidh Brídín an bhreabhsóg bródúil asam!
Oró! Ná habair!
Cad é?
Shíl mé go mbeadh sé seo ag cur thar maoil le hór...
Tá díomá an domhain orm!
Á, tuigim... is fíor gur luaigh mé "ór", ach díreach le go dtuigfeadh sibh go bhfuil taisce cheart le fáil ann! Ní "ór" féin a bhí i gceist agam!
Ach nach cuma ór nó airgead, cabhróidh na nótaí sin leis an scoil fós!
Cabhróidh de bheagán, níl mórán acu ann!
25
Tá a fhios agam nach bhfuil na nótaí chomh geal ná chomh trom le hór, ach is fiú fortún fós iad!
Is fiú, seans... bhuel, caithfidh muid an múlá a thabhairt chomh fada leis an Ardmháistreás anois leis an scoil a shábháil.

An gcreidfeá, a Eoin, gur muidne a scaoil dúrún an Dr Donn?
Fan go gcloise Brídín an Bhruinneall!
Is a bhuí lena carrsan a d'éirigh linn!
!
Molaim agus móraim thú, a bhréagáin dhil, ós tú an bréagán is uaisle dá bhfuil!
?
ORÓ! Cad é...! An bhfuil tú imithe glan as do chiall?!
Ach is a bhuí leis an charr a d'aimsigh muid an taisce!
Pfft! Anois is ortsa atá an tseafóid, a phleota!
Éist, tá sé uilig oibrithe amach agam...
AHEM... mo leithscéal a leaideanna ach níor mhór daoibh a bheith á ghearradh ar ais ar scoil anois...
26
Os rud é gur cairde anois muid, ligfidh mé daoibh ceann de na pasáistí rúnda a úsáid.
Ní fiú daoibh an bóthar fada a shiúl arís!
Yé!

Slán, mar sin, a chairde beaga. Go n-éirí go geal libh!
Slán!
Ádh mór!
Buíochas le Dia go bhfuil rud éigin againn don Ardmháistreás!
Laochra a bheas ionainn!
Ach ná bímis ag caint ar an Dr Donn nó beidh siad ag ceapadh gur MUIDNE atá craiceáilte!
M'anam go bhfuil an ceart agat!
Ní inseoidh mé d'éinne faoi!
Fiú amháin Brídín?
Pfff!
Fiú Brídín bhreá!
Go dtí go bpósfar muid. Ansin beidh orm an rún a scaoileadh léi!
Agus beidh an pósadh is giorra in Éirinn agaibh dá bharr!
Feicfimid faoi sin!
Ach ní inseoidh mé d'éinne eile...
Tá sé millteanach dorcha thíos anseo mar sin féin...
Chuirfeadh sé faitíos ar dhuine, ar laoch fiú...
Cá bhfios cad iad na feithidí atá ag drannadh linn faoi láthair, nó cibé cén sórt arrachta atá ag faire orainn óna phluais bheag, ag fanacht ar a dheis...
Éirigh as!
Bí i do thost.

Ní fhacthas ceachtar acu ó bhí an mhaidin ann...
Cén fáth nár inis tú dom níos túisce?
Shíl mé nach raibh orthu ach moill agus go mbeidís ar ais nóiméad ar bith.
Níl an dara rogha agam ach na tuismitheoirí a chur ar an eolas... A leithéid de thubaiste!
!
?
Anseo! Tá doras anseo!
Clinc!
Clanc!
Ní chreidim é! Anseo a landáil muid!
Ó bhó!
Art agus Eoin! Cad é faoi Dhia atá ar siúl anseo?!
Tá dea-scéal againn duit, a Ardmháis-treás!
Tá sin!
28
Tá rún Dhonnabháin scaoilte againn agus tá an taisce aimsithe againn!
Tá agus tá, bhí beirt againn ann!
Ach cad chuige a raibh sibh i bhfolach i mo chóifrín?
Ní raibh muid i bhfolach.
Ní raibh sin!

'Sé rud ná gur tháinig muid isteach trí phasáiste rúnda, ón choill, agus chríochnaigh sé anseo!
Tá glas ar an doras nach n-osclaíonn ach ón taobh istigh!
An bhfeiceann tú sin anois! Níor éirigh liom riamh an doras sin a oscailt sna blianta fada atá mé san oifig seo.
Bhí sé i gceist agam caoi a chur air i mbliana.
Níos tábhachtaí i bhfad ná sin, a Ardmháistreás...
Taisce an Dr Donnabhán Dearscnaitheach!
Go sábhála mac Dé sin, tá fortún anseo!
Dóthain leis an scoil a shábháil?
Fuist, a Phádraig! Bíonn cluasa móra ar mhuca beaga!
Cad é a dhéanfaidh mé libhse ar chor ar bith... ní raibh cead agaibh an scoil a fhágáil, tá sin glan in aghaidh na rialacha...
Ach ansin bhí sibh dílis don scoil, ag tabhairt uaibh an t-airgead seo...
Má chuirim sin sa mheá... maithfidh mé daoibh é an babhta seo, nó rinne sibh an-obair, ach ná tarlaíodh sé arís!
Choíche ná go deo!

Is laochra anois muid, a mhac! Shábháil muid an scoil!
Laochra!
Níl a fhios agam fútsa ach braithim chomh folláin le breac!
Ní fada go mbeidh tú chomh fliuch le ceann chomh maith!
Le cith mar seo, beidh an sneachta uile ag leá agus ní bheidh fágtha ach draoib ghránna...
'Scuma liom!
Chífidh mé amárach thú!
Slán!
30
A Mhamaí, an bhfuil tú ann? Mise atá ann!
Cad é a tharla duit?! Tá tú mar a bheadh lacha!

Tá do dheirfiúr ar ais le fada, dúirt sí nach raibh dé ort ag deireadh an lae agus an cloigín ag bualadh.
Is fíor di. Bhí mé féin agus Eoin in oifig na hArdmháist...
Oifig na...?
Aidhe, fan go gcloise tú! D'aimsigh mé féin agus Eoin taisce an Dr Donnabhán Dearscnaitheach!
Ar aimsigh anois...?
D'aimsigh! Lean muid an mapa ar chúl an leabhair.
Is leabhar ar dóigh é!
Agus beidh orm é a thabhairt ar ais go dtí an leabharlann gan mhoill...
Déan cóip de, mar sin!
Ní bheidh sé mar an chéanna...
Bhuel, éist. Tá cúpla rud fós le críochnú agam anseo, ach tiocfaidh mé chomh fada le do sheomra ar ball agus inseoidh tú an scéal uilig dom faoin taisce, ceart go leor?
Ceart go leor!
'Dé sin atá tú a léamh?
Leabhar faoi stair na scoile.
A phulcaire!

Tá sé ina dhíle! An bhfuil a fhios agat cén fáth a dtugtar sin air?
Éist do bhéal!
Tá mé tinn ag éisteacht leat!
Tú féin agus do chuid bladair!
Éist liom!
An bhfeiceann tú sin anois, ón uair gur thosaigh sé ag léamh leabhair faoin scoil, níl cead fiú labhairt leis!
Imigh leat, mar sin!
Maidin mhaith a Ardmháistreás.
A! Mora duit ar maidin, a Airt.
Deas tú a fheiceáil, bhí mé ag iarraidh focal a bheith agam leat...
Níor fhógair mé an scéal seo fós, ach tá an scoil i bhfiacha móra...
Tá a fhios agam... sin an fáth a ndeachaigh muid ag lorg na taisce, mé féin agus Eoin.
Tá a fhios agat cheana? Conas?
Chuala muid tú á rá le Máistir Pádraig.
32
Tuigim.
Ar an chéad dul síos, a Airt, gabhaim buíochas leat as a bhfuil déanta agat don scoil.
Ach tá sé chomh maith agam a rá leat, faraor, gur ar éigean a choinneoidh an t-airgead sin beo muid go deireadh na bliana.

Rud a chiall-aíonn …
Nach féidir bheith cinnte go n-osclófar doirse na scoile seo an bhliain seo chugainn.
Sin ráite, beidh muid in ann fanacht oscailte go deireadh na bliana anois, agus is fearr sin ná an mhí a bhí fágtha againn gan an t-airgead seo.
Is maith sin ar a laghad, nach maith?
Agus a bhuíochas sin duitse, a Airt, agus d'Eoin.
Agus don Dr Donnabhán Dearsenaitheach.
Níor chaill fear an mhisnigh riamh é!
Anois, amach leat go dtí do chuid ranganna, maith an buachaill. Coinnigh seo agat féin, le do thoil. Ní fiú a bheith buartha faoi go fóill…
Tá go maith a Ardmháistreás!
A AIRT! A AIRT! TÁ MÉ SAN FHAOPACH!
?
Tá an carr a thug Brídín bhreá dom caillte agam!
Chuardaigh mé ó bhun go barr.
Och! Tubaiste!
An cuimhin leat an uair dheireanach a chonaic tú é?
33
Ní cuimhin… níl a fhios agam ach nach raibh sé liom aréir nuair a bhain mé an teach amach.
Íosfaidh sí gan salann mé!
Fuist! Fóid ort… chuir tú an carr ar bharr na cloiche inné sa choill. Ar thóg tú arís é sular fhág muid?

Bhfuil a fhios agat seo, níor thóg!
Ansin atá sé, mar sin.
Téimis ann anois díreach, mar sin!
Breá bog ansin a mhac! Fan bomaite!
CAITHFIDH muid fanacht anseo. Nár gheall muid don Ardmháistreás nach gcaillfeadh muid tuilleadh ranganna?
Sin anois bean a d'íosfadh muid gan salann!
Is cuma liomsa faoi sin uile, tá mo charr uaim láithreach! Fág seo agus smaoineoimid ar leithscéal ar an bhealach.
Bhuel... maith go leor.
Ach tá seo craiceáilte!
Fadhb bheag amháin: feicfidh siad muid ó na seomraí ranga má théann muid thar an bhalla...
Cad é faoin doras i gcófra Nic Con Ultaigh?
As an áireamh. Tá sí ina hoifig!
Ó, tuilleadh tubaiste!
Fan go fóill. Tá tagairt i leabhar an Dr Donn do phasáistí eile...
Agus inné, nach bhfaca muid an taibhse ag barr an staighre ag dul síos go dtí an t-íoslach?
Chonaic...
Cuirim geall go bhfuil go leor pasáistí a thosaíonn thíos ann.
B'fhéidir...

Tá an t-ádh linn. Tá na doirse ar oscailt.
Ní dhruidtear iad thíos anseo.
An bhfeiceann tú rian péinte ar na ballaí áit ar bith?
Fan.
Hmmm, ní fheiceann.
Bhfuil rud éigin istigh anseo?
CNAG! CNAG!
Hm... tá.
Bí ag caint ar chíor thuathail.
Hé, amharc air seo!
Cad é?
An bhfeiceann tú na boscaí seo? Tá siad leagtha síos ar nós...
Ar nós staighre!
Bhú-hú!
Bhí an ceart agam, a Airt! Tá poll anseo ar barr an vardrúis!
Ní osclaíonn na doirse ón taobh amuigh.
D'aon ghnó, go cinnte!
Goitse anseo agus rachaidh muid ag spaisteoireacht.

Tá céimeanna laistigh den chófra a théann síos.
Ó! Taispeáin!
Úf, ar éigean a fheicim rud ar bith!
Abair sin! Tá sé chomh dubh le gual!
An sin pasáiste ar chlé ansin? Braithim rud inteacht...
De réir a chéile tá mo shúile ag dul i dtaithí ar an dorchadas...
Agus mo chuidse. Is giorra do dhún ná d'íoslach é seo.
Éist! An gcloiseann tú sin?
CAD É?
CLINC! CLONC!
Fuaim, ar nós duine ag cnagadh... an gcloiseann tú anois é?
Cloiseann!
Goitse go bhfeice muid cad é atá ann.
CLINC! CLONC!
36
CLINC! CLONC!
CLINC! CLONC!
ORÓ MUISE!
Ach sin...!
AN DR DONNABHÁN DEARSCNAITHEACH!
M'ANAM LE DIA!

Cad é atá ar siúl agaibhse anseo, a leaideanna?
Ná bac sin! Abair thusa linne, ní taibhse tú níos mó?!
Bhí muid den tuairim go raibh tú marbh!
Bhuel... níl... agus ní mise an Dr Dearscnaitheach ach an oiread.
Hath?! Ní chreidim seo. Cé tú féin, mar sin? A leathchúpla?
Leathchúpla?! Há! Ní hea, a mhaicín. Ní mé a leathchúpla in aon chor.
Bhuel tá dealramh aisteach agat leis! Nach bhfaca mé grianghraf de in oifig na hArdmháistreása!
Oifig na hArdmháistr...?
Tuigim anois! Tá a fhios agam cén grianghraf atá i gceist agat.
Lig dom é a mhíniú daoibh. Is mise Conall Óg Mac Chonaill Óig. Bhí mé i m'ardmháistir idir Donnabhán agus Mumha.
Mumha? Cé sin?
Mumha Nic Con Ultaigh, an ardmháistreás, ar ndóigh!
Há! Há!
Mumha... Ultaigh...
SIN an t-ainm atá uirthi?!
Is ea, agus cad é atá mícheart leis, mar ainm?
Anois, sa ghrianghraf sin, ba é an Dr Dearscnaitheach an boc féasógach ar dheis.
37
Áááááá! Tuigim!
Agus ar an drochuair, tá sé siúd caillte mar is ceart.
Ach ní thuigim fós, cén fáth ar lig tú ort féin gurbh tusa eisean?
Toisc gur chuala mé faoi fhadhbanna airgeadais na scoile agus theastaigh uaim cabhrú.

Níor stop mé ach ag cuardach na taisce sin ó d'fhág mé an obair.
Agus i ndiaidh go leor laethanta ag cuardach, tháinig mé ar an doras rúnda sin i mbun an chrainn a thaispeáin mé daoibh inné.
Ach nuair a d'oscail mé an doras, is ormsa a bhí an díomá. Ní raibh tásc ar an taisce!
Donnabhán s'againn ag múineadh ceachta dúinn uilig uair amháin eile, is dócha : "is fearr an tsláinte ná na táinte!"
Och! Ní thuigim cad é atá tú a rá a bheag ná a mhór.
Tá sé simplí! Chuala mé sibh ag caint faoin taisce sa scoil, agus shocraigh mé go ndéanfainn taibhse díom féin...
...Chun cabhrú libh teacht ar "an taisce" – mo thaisce bheag féin de choigilteas, i bhfocail eile.
Ach cén fáth nár thug tú an t-airgead go díreach do Mhumha? Bheadh sin i bhfad níos simplí!
Ní ghlacfadh Mumha leis an airgead riamh – tá sí ceanndána, an dtuigeann tú...
Ach an bealach seo, ní bheadh náire ar bith uirthi glacadh leis.
Anois! Seo muid arís i "gcroí na scamhóige", i lár na coille.
Ochón! Níl mo charr anseo!
D'fhág Eoin a charr ina dhiaidh anseo inné, ní fhaca tú é trí sheans?
Is oth liom a rá nach bhfaca.
Uch! Cad é a dhéanfas mé? Beidh Brídínín ar buile!
Ní thuigim fós rún na taisce.. Anois, ní raibh taisce ar bith ag bun an chrainn nuair a d'aimsigh tú an doras beag, fíor?
Fíor.

Á-há! Tá sé agam!
?
HÉ!
Sin é!
Mo charr beag!
Caithfidh gur thit sé ón chloch!
Iontach, is maith sin. Ach bí níos cúramaí as seo amach, an gcloiseann tú mé?
Amharc ar mo leabhar bocht sa chlábar!
Fan!
?
Cad é?
Tá smaoineamh agam! Thiontaigh an leabhar agus é ag titim, agus anois tá sé ag féachaint sa treo eile ón chloch.
Agus deir an dúrún : "Ansin téigh ar chlé go humar na haimléise..."
Seans go bhfuil sé chomh simplí leis sin!
Ag an chloch, tiontóidh muid an leabhar agus leanfaidh muid an treo sin!
39
M'anam le Dia, ach sílim go bhfuil an ceart agat!
Aidhe, cá bhfios nach bhfuil.
Bainimis triail as!
Oicé, mar sin... ar dtús, tiontaigh ar chlé...

Pffft! Tá mé tinn tuirseach den tsiúl faoi seo!
Ná bí mar sin, a Eoin, tá muid beagnach ann!
Sin é, tiontaigh uair amháin eile agus seo muid...
Ó.
Faic anseo.
Seachas plásóg i lár coillín ghiúise.
Caith súil thart timpeall go fóill, ní bheadh a fhios agat cad é atá amuigh ansin, doras rúnda nó cibé...
Faic na ngrást.
I gcead duit, a Airt, sílim go bhfuil tú imithe amú leis an cheann seo.
ÍÍÍÍC!
CRAIC!
Cé sin a bhí ag dul amú a Eoin?!
Cad é faoi Dhia é seo? Seanchipíní reoite...
40
Éist...!
Cad é sin? Duine?
Ní hea, ach uisce. Seans go bhfuil sruthán beag faoi thalamh gearr dúinn.
Síos linn, mar sin?
Cinnte!

Óóó! An bhfeiceann sibhse a bhfeicimse?!
Báidín i sruthán fothalaimh, fág ag sean-Donnabhán é!
Agus tá taisceadán ann!
Seod í! Fíorthaisce Dhonnabháin!
Ó bhó!
Agus litir leis an taisce...
"Tréaslaím do bhua leat agus mo rún fuascailte agat sa deireadh. Tá an taisce seo róthrom le hiompar..."
"...mar sin croch leat an bád seo a thabharfaidh go ceann scríbe tú..."
Seo linn!
41
"Is faoi do chúramsa anois a fhágaim an taisce seo óir. Tóg a bhfuil uait di agus go dtuga sí sólás duit....."
An Dr Donnabhán Dearscnaitheach
BA MA MGO PhD MRIA
An taisce! Fíorthaisce Dhonnabháin!
Yíháááááá!

Ní chreidim seo! Gheall sé dom nach geaillfidís tuilleadh ranganna!
Tá a fhios agam!
Bhí mé róbhog ar fad leo an chéad uair... Ní bhíonn an rath ach mar a bhíonn an smacht!
Tá muid ligthe síos acu beirt.
Chí Dia mé! Ansin thall! Tá béal na huaimhe róchúng le ligint dúinn dul tríd!
Stopaimis anseo, mar sin.
Fuist! Ar chuala tú sin, a Phádraig?
Cad é?
Níor chuala.
Shíl mé gur chuala mé guthanna ó sheomra folctha na scoile.
Amharc! Doras san urlár nach féidir a oscailt!
Bhfuil sé ag bogadh de bheagán?
Tá, de bheagán...

Coinnigh ort! Sin é!
?
Cá bhfuil muid anois, hmmm?
Ó! Dia daoibh! Ní chreidfidh sibh cad a tharla dúinne inniu.
Ach!...
?
A Chonaill! Cad é atá ar siúl agatsa leo seo?
'Mhumha! Tá todhchaí na scoile slán!
Lig dom gach rud a mhíniú duit.
Mora duit, a Mhumha!
Tíhíhí!
Cad é seo, seomra folctha?
Ní raibh a fhios agam go raibh ceann ag an scoil!
Ba leis an Dr Dearscnaitheach é nuair a chónaigh sé anseo.
Tar liom agus féach air seo!
An chéad taisce sin a d'aimsigh na buachaillí, ba liomsa í...
Ach seo... seod í an taisce cheart. Seo taisceadán de shaibhreas an tsaoil!
Ó!...
Anois a pháistí, amach libh go beo! Tá Art agus Eoin aimsithe againn slán sábháilte agus beidh sos beag breise againn lena cheiliúradh!
YIPÍÍÍÍ!

Bhfuil a fhios agat seo, a bhuachaillí, ach tá mé fíorbhródúil asaibh!
Arú níorbh tada é!
ORÓ MUISE!
Cloigeann pota!
Beidh mé ar ais! Cúig bhomaite!
Oicé.
?
Bhí mé ar mo bhealach chomh fada leat, a Uasail Ó Leathleabhar.
An raibh, anois? Le leabhar an Dr Dearscnaitheach a thabhairt ar ais, an ea?
Um... sea...
Ach cá...
...bhfios duit...
...Gur thóg tú é gan chead?
Maise nach bhfaca mé tú á dhéanamh!
Rún beag... tá an t-uafás cóipeanna agam den leabhar áirithe seo. Leabhragán lán leo!
Mar sin, má tá luach speisialta ag an cheann áirithe seo duitse, croch leat é.
Ó, míle buíochas!
44
Lena bhfuil déanta agat ar son na scoile inniu, a mhac, tá sé tuillte agat!

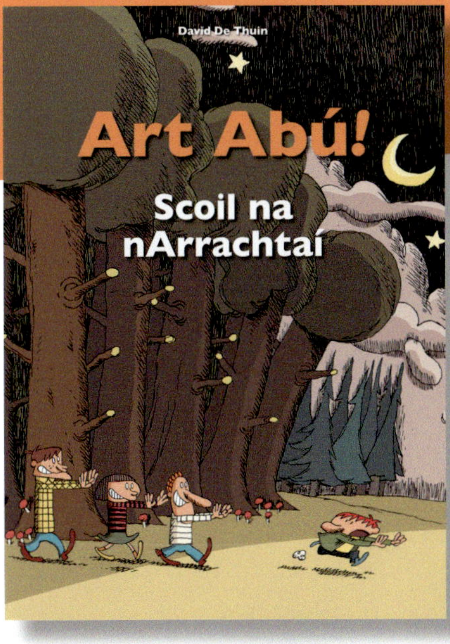
David De Thuin
Art Abú!
Scoil na nArrachtaí

Mora daoibh, a pháistí.

Socraígí síos anois díreach!
TAP! TAP!
Tá nuacht agam daoibh ar maidin!
Daltaí nua! Triúr acu! Seod iad Maolmhaodhóg, Maolsheachlainn agus Maoilíosa
Suígí síos ag barr an tseomra ansin. Tá tábla fada ann, beidh sibh in ann suí le chéile.
Grak!
Grak!
Tá rud éigin aisteach faoin triúr sin...
Amharc ar a gcuid éadaí...
Aidhe...
B'fhéidir go raibh siad faiseanta nuair a bhí Daideo óg...
7
Hé, a Chathail!
Anseo, a Chathail!
Pas anseo!
GAELSCOIL DHONNABHÁIN
?
Grak!
?
?
Grak!
Grak!

David De Thuin
Art Abú!
Spiorad na Coille
Agus tá mé caillte ceart...
FIÚ-ííí!
SSSSSHT!
HÚ!
!
CRAC!
TRRR!
Ná habair!
D'éirigh leis mé a scanrú glan!
CLCLCL!
GNNiiii!
RRRR...
ZZZZZIN!
POC!
TOC!
Íííííc, tá mé ag iarraidh dul abhaile!
TRRR!
CLOC!
CRAC!
CLOC!
SHHH!
Ar dtús, éireoidh mé ón talamh.
Fí!
TAC!
ZÚP!
An bealach sin, ní bheidh na hainmhithe urláir in ann cur as dom!
TUD!
Anois! Ní bhfaighidh sibh greim orm anseo!
Há! Há!
VOOOUii!
Ach d'fhéadfaidís siúd atá in ann eitilt mé a ithe fós.
PLIC!
HOU!
Tuilleadh tubaiste!
Lalalala! Níl mé ag iarraidh a bheith ag smaoineamh níos mó!
TAC TAC!
TRRR!
Ná tada eile a chloisteáil ach oiread!
SSSSS!
HOU! HOU!
FLUT!
Sin ráite, ní fhanfaidh mé anseo go brách.
CARR!
TCÍP!
FÚ-Í!